KB108403

여호와 하느님
참 하느님

여호와 하느님
참 하느님

초판 1쇄 인쇄 2014년 05월 19일
초판 1쇄 발행 2014년 05월 23일

지은이   정 희 진
펴낸이   손 형 국
펴낸곳   (주)북랩
출판등록   2004. 12. 1(제2012-000051호)
주소   서울시 금천구 가산디지털 1로 168,
            우림라이온스밸리 B동 B113, 114호
홈페이지   www.book.co.kr
전화번호   (02)2026-5777
팩스   (02)2026-5747

ISBN   979-11-5585-245-3 03810(종이책)

            979-11-5585-246-0 05810(전자책)

이 도서의 국립중앙도서관 출판시도서목록(CIP)은 서지정보유통지원시스템 홈페이지(http://
seoji.nl.go.kr)와 국가자료공동목록시스템(http://www.nl.go.kr/kolisnet)에서 이용하실 수
있습니다. (CIP제어번호 : 2014015736)

| 정희진 시집 |

여호와 하느님
참 하느님

행복한 사람은 악한 자들의 뜻대로 걷지 않고
죄인들의 길에 서지않으며
비웃는 자들의자리에 앉지 않는 사람

오히려 여호와의 법을 기뻐하여 주야로 그분의 법을
낮은 소리로 읽는 사람

그는 정녕 물길들 곁에 심겨서 그 열매를 제철에
내주고 그잎이 시들지 않는 나무같이 되리니
그는 하는 일 마다 성공 하리라
시편 1:1,2,3

book Lab

서 문

여호와 하느님께서는 무슨 일을 했든지 회개하고
돌아오면 다시는 과거를 묻지 않으신다고
약속하셨습니다.
모든 사람들이 참 하느님을 알고 믿어서
여호와 하느님을 사랑하는 사람들이
모두 구원 받기를
예수 그리스도 이름으로
창조주 여호와 하느님께 기도드립니다.

이 시는 영감 받은 시입니다.

여호와 하느님께서는 하늘은 나의 왕좌요
땅은 나의 발판이라 하셨는데 세상이
발디딜틈이 없이 악하다고
한탄하십니다

목 차

2012년 7월 29일 아침 9시

2012년 7월 29일 아침 9시
하늘에서 땅에서
축제가 열린 날이다
기록하여라 기록하여라
세상 사람들아
천사들아 기록하여라
여호와 하느님께서
말씀하셨다
당신이 태어난 이래
오늘같이 좋은 날이
다시는 없을 거라고

자장가

내가 일에 지쳐 피곤할 때
당신은 나를 업어 주셨습니다
아무도 없는 거실에서 업어 주셨습니다
자장자장 잘 자거라 업어 주셨습니다
나는 눈을 뜨고 있었습니다
그것은 환상이었습니다
나는 창피했지만 웃었습니다
나는 참으로 행복했습니다

영과 육

내가 찌꺼기가 든 진창에
빠져 울고 있을 때

당신은 다칠세라 넘어질세라
조심스럽게 끌어내어

널찍한 곳에 옮겨 놓고
씻기고 씻기고 또 씻겨서

영과 육이 깨끗하게 사랑으로
보살피십니다

기도합니다

나는 기도합니다
창조주
여호와 하느님께 기도합니다

하느님을 몰랐을 때
해를 보고 달을 보고
당신이
창조하신 창조물에
기도했습니다

이제는
창조주 여호와 하느님을
알게 되었습니다
당신이
세상을 창조하셨다는 것을

창조주 여호와 하느님께 기도합니다

사랑합니다

사랑해요
여호와 하느님 사랑합니다.
사랑한다는 말을
응얼 응얼 응얼거립니다
나도 몰래 행복해서 웃는답니다
사랑해요 사랑해요
당신만을 사랑합니다
하늘에서도 땅에서도
그 누구도 없습니다
저에게는 오직 당신뿐이랍니다

봉숭아

담 밑에서 봉숭아가
살짝 세상 구경을 합니다

세상이 두렵지만
용기를 내 봅니다

그래
나도 세상에 태어났으니
내 몫은 하고 가야지

잘 키워 주세요
여호와 하느님

봉숭아는
여호와 하느님께
방긋 인사합니다

외롭지 않습니다

어제는 나 혼자 외로웠습니다
그저께도 나 혼자 외로웠습니다
그러나 오늘은 행복합니다
당신이 내 옆에 있으니까요

어제는 외로워 울었습니다
그저께도 외로워 울었습니다
오늘은 행복해 울었습니다
당신이 내 옆에 있으니까요

예쁜 손톱

하느님은 저에게 예쁜 손톱 열 개를
만들어 주셨습니다
예쁜 손톱 열 개는
너무나 아름다웠습니다
그러나 하느님께서
예쁜 손톱 두 개를 가져가셨습니다
예쁜 손톱 두 개는 당신과 나의
끈이 되는 거라며
나중에 나에게
예쁜 손톱 두 개를 맞춰 주시겠다고
약속하셨습니다
그러나 나는
예쁜 손톱 두 개를 그리워합니다

편지

당신의
편지는 달콤합니다
당신의
편지는 꿀 송이가 뚝뚝
떨어집니다

당신의 편지는
목구멍에서 살살 녹습니다

오늘도 내 머리 맡에는
당신의 편지가 펼쳐져 있습니다

당신의 편지에는
사랑이 묻어납니다

성전

성경책을 가방에 넣고
제일 예쁜 옷을 입고
가장 아름다운 구두를 신고
성전에 갑니다

여호와 하느님 제가 왔어요
당신이
보고 싶어 제가 왔어요

당신이
주신 질 좋은 음식을
골고루 먹고서
집으로 향합니다

오늘도
배가 불러 행복합니다

참 하느님 여호와의 집

참 하느님 여호와의 집이란
성전을 짓고 싶습니다
당신의 성전에서 당신과
알콩 달콩 살고 싶습니다
당신은 저에게 계시를
주셨습니다
참 하느님 여호와의 집을 지으라고
저는 그 약속을 지키겠습니다
시간은 흐르고 있습니다
제가 백발이 되기 전에
여호와의 집을 지어
참 숭배를
드리고 싶습니다
시간이 흐르는 것을 저보다 더
잘 아시는 여호와 하느님
도와주세요

당신이 좋은걸 어떡합니까

당신이 좋은걸 어떡합니까
하늘에도 땅에도
저에게는
오직 당신뿐이랍니다

천사들이 비웃어도
저는 행복합니다

사람들이 바보 같은 나를 놀려도
저는 행복합니다

마음을 살피시는 여호와 하느님
저는 행복합니다

영이신 당신 저는 행복합니다

과일

빨강 노랑 초록 과일
눈으로 만족하며 먹으라고
챙겨 주십니다

달콤하고 새콤한 맛을 느끼며
먹으라고 챙겨 주십니다

이것도 먹어보고 저것도 먹어보라
챙겨주십니다

제가 무엇이기에
돌보십니까

사랑 많으신 여호와 하느님

가엾습니다

여호와 하느님을 모르는
사람들이 가엾습니다

왜 죽어야 되는지를
모르는 사람들이
가엾습니다

죽음도 눈물도 아픔도
없애 주신다는
하느님의
말씀을 믿지 않는
사람들이 가엾습니다.

꽃

꽃이 아름답다 느끼는 것은
감성입니다

꽃을 아름답게 만드신 것은
아름다운 마음입니다

꽃을 아름답게 만드신 것은
지혜입니다

꽃을 아름답다 표현할 수 있는 것은
사랑 많으신 하느님의
사랑입니다.

피할 길

나는
하느님 날개 아래
피할 길을 두었습니다

나는
달려가 하느님 날개 아래
숨겠습니다

아무리 세찬 풍파가
덮친다 해도

하느님
날개 아래
피할 길을 두었으니
두려워할 것이 없습니다

알겠습니다

당신을 알고 부를 누리면
당신의 뜻인 줄 알겠습니다

당신을 알고 건강을 유지하면
당신의 뜻인 줄 알겠습니다

당신을 알고 행복을 느끼면
당신의 뜻인 줄 알겠습니다

당신을 알고 사랑을 한다면
당신의 뜻인 줄 알겠습니다

전능자이십니다

당신의
지혜로 하늘을
펼치시고
당신의
능력으로
바다를 가르시고
당신이
만드신 것은
쓰레기가 없습니다

사람들이 싫어한 것은
나무들이 먹게 하여
활력을 넣어 주신 분
전능자이십니다

안내해 주세요

저는 잘 난 것도 없습니다
또한 잘한 것도 없습니다
언제나 뒤에서 따라가고 있습니다

제 마음을 저는 알 수가 없습니다

저보다도 당신은 제 마음을
더 잘 알고 계십니다

제가 가야 할 길을 안내해 주세요
제 앞길을 인도해 주세요

당신이 말했잖아요

당신이
그러셨잖아요
낳아준
어머니 아버지가 버릴지라도

당신은
버리지 않으신다고 하셨잖아요
백발이 되어도 안고 지고
다닌다고 하셨잖아요

그런데
저는 애타게 당신을 부르건만
왜 대답을 안 하신지요

제 말 좀 들어 주세요
제 말에 귀 기울여 주세요

내 나이가 몇인데

내 나이가 몇인데
언제까지 당신을
기다려야 합니까

건강하게 7, 80인데
몇 십 년을 더 살아야
당신을 만날 수 있을까요

오늘도 외로움에
당신을 그리며
눈물로 베갯잇을
적신답니다.

생일

생일 때문에 고심을 했다
미신을 믿을 때 똥을 보면
돈이 생긴다고 하였다

똥은 똥인 것이다

생일도 우상 숭배의
하나이다

생일날 더러운
똥을 보여주셨다
똥은 더러운
똥인 것이다

살고 싶어요

당신이 펼쳐 논 하늘 아래서
당신과 마주보며 살고 싶어요

당신이 키워 준 과일 나무 아래서
당신과 오손도손 살고 싶어요

당신이 가꾸어준 꽃밭에서
당신과 소곤소곤 살고 싶어요

당신이 지어준 보금자리에서
당신과 알콩달콩 살고 싶어요

완전한 사랑

당신이
만들어 준
초승달에는
당신과
나의 사랑
꽃피어갑니다

당신이
만들어 준 보름달에는
당신과
나의 사랑 완성됩니다

영원한 당신의 사랑
잊지 마세요

구름

지금은 솜구름
지금은 비늘구름
지금은 뭉게구름
지금은 새털구름

사랑하는 사람들이
지루할까 봐

시시때때로
이벤트를 해주시는
여호와 하느님
감사합니다.

채소

배추 사요
무 사요
파를 사세요

오늘도 채소 장사 아저씨의
채소 파는 소리

고추도 피망도 싱싱하다며
앞서거니 뒤서거니
야채들의 숨소리

오늘이 지나면
병이 난답니다

싱싱할 때 사가세요
나는 나는 싱싱한
채소랍니다

파도

파도는 철석 철석
인사합니다

지금은 내 차례
다음은 네 차례

파도는 잘 있으라 인사합니다.
다음에 또 만나자 인사합니다.

청춘인 바다

수천 년을 살아도
살아서 숨을 쉬는 바다

아무리 많이 먹어도
배부르지 않는 바다

말없이 보살피시는
하느님이 안 계셨다면
바다는 예전에 썩었을 것을

바다는 언제나 청춘입니다.

울보랍니다

달을 보고 별을 봐도
울보랍니다
참새를 보고 비둘기를
봐도 울보랍니다
나무를 보고 꽃을 봐도
울보랍니다

나는 외로워 울보랍니다.

사랑에 굶주려
울보랍니다

별

별들이 소곤 소곤
흉을 봅니다
우리들이
일하는 캄캄한 밤인데

무슨 걱정이 있어 잠 못 자냐고
자장가를 불러줄 테니
꿈나라로 가라며
반짝반짝 자장가를
불러줍니다

새벽 별이 뜨기 전에
꿈나라로 가야지

나는
꿈속에서
낙원을 찾아갑니다

잠

하루 일과를 정리하고
침대에 눕습니다

낮에는 일하고 밤에는 쉬라는
하느님의 말씀에
순종합니다

오늘도 무사히 하루를
마치게 되어 감사합니다

오늘도 긴 잠 속에서
하느님을 만날 것을
기대합니다

내일이 오면

내일이 오면 어떡하나요
또 내일이 오면 어떡하나요

내일이 오면 두렵습니다
또 내일이 오면 두렵습니다

내 고향 노화도

내 고향 노화도는 청정 해역입니다
내 고향 노화도는 건강합니다
내 고향 노화도는 부자랍니다
내 고향 노화도는 친절합니다

내 고향 노화도는 땅 끝에서
배를 타고 들어가는
섬이랍니다

아픔

당신은 나의 아픔 소리
들리시나요
나는 잠 못 들고
몸부림칩니다

못들은 척하는 당신
야속합니다

내 손 좀 잡아줘요
내 마음 좀 받아줘요

전해다오

하늘이 내 마음을 알아줄까요
땅이 내 마음을 알아줄까요

천사들아 전해다오
하느님께 전해다오

사랑에 병이 나서 울고 있다고

천사들아 전해다오
내 마음을 전해다오

그리워 그리워서 울고 있다고

울지마라

율지마라 울지마라
네가 울면 내 마음은
찢어진단다

언제쯤이면
여호와 하느님을
섬기며
참 숭배를 드릴 수 있는지
제 앞길을 열어 주세요

여호와 하느님 참 하느님
도와주세요

저의 손을 잡아 주세요
일으켜 주세요

봄

따사로운
햇볕은 내리쬐는데
봄 손님이 왔다고
연락이 왔어요

살랑살랑 봄 바람이
인사하네요

두꺼운 외투는
겨울에 만나자고
작별하고요

가벼운 옷들은
자기만의 색상을 뽐냅니다
올 봄에 나하고 친해보자고

두리뭉실한
내 몸을 안아 줍니다

전신갑주

구원의 투구를
머리에 쓰고

믿음의 방패를
가슴에 달고

진리의 띠를
허리에 매고

평화의 말씀을
신발로 신고

온몸에 전신갑주를 입고

곤란한 시기에도
안전한 시기에도

오늘도 구명조끼를
입히러 갑니다

그림자

그림자는 그림자는
주인에게 겸손합니다

아무리 힘센 사람이
불호령을 치더라도
말을 듣지 않습니다

그러나 그러나
아장 아장 걷는
아기에게도
말 못하는 나무에도

그림자는 그림자는
순종합니다.

빨랫줄

오늘은 해님이 웃고 있어요.
나에게 맡은 임무 충실하라고

예쁘고 깜찍한 아기 옷들도
연로하고 무거운
부모님 옷들도

반짝반짝 해님과
놀고 있어요

오늘은 해님이 찡그리고 있어요.
나에게 맡은 임무 충실하라고

우리 아들 좋아하는 청바지도
우리 딸이 좋아하는
예쁜 치마도

살랑 살랑 바람과
놀고 있어요

오 하느님

오! 하느님
오! 하느님 참 하느님

당신의
지혜는 어찌 그리 많으신지요
꽃도 똑같은 꽃이 없고
사람도
똑같은 사람이 없고

이 넓은
우주 공간에
똑같은 것은 하나도 없으니

하느님의 능력은
헤아릴 길이 없습니다.

오! 여호와 하느님
당신은
전능하신 하느님이십니다.

예쁩답니다

머리숱을 많게 해 달라고 기도합니다
하느님은 그래도 예쁩답니다

눈이 안 예뻐서 기도합니다
하느님은 그래도 예쁩답니다

손이 안 예뻐서 기도합니다
하느님은 그래도 예쁩답니다

체형이 안 예뻐서 기도합니다
하늘에서도 땅에서도
제일 예쁩답니다.

창조주 여호와 하느님께

여호와 하느님 감사합니다.
수많은 천사들 중에
수많은 사람들 중에
가난하고 비천한
여자입니다

무엇으로 보답할까요
저는 드릴 것이 없습니다

당신의 사랑
무엇으로 갚으오리오
사랑 많으신
여호와 하느님
감사합니다.

사람들은 말합니다

세상 사람들은
말합니다
세상이 생겨난
이래 변한 것은
사람이 태어나고 죽고
꽃은 피고지고
그대로라고 말합니다

하느님께서는 더디다고
생각하지 않습니다
돌아오라 돌아오라
기다리십니다

빨리 회개하고
돌아오라고 돌아오라고
기다리고 계십니다

하느님께서는
가속도를 낼 것입니다.

당신을 알고부터

당신을 알고부터
나는 약을 먹습니다
세상에서 고칠 수 없는
정신과 약을
한 달에 한 번씩
병원에 갑니다
16년이란 긴 세월이
흐르고 있네요
그 누구도 모릅니다
이 가슴 아픈 사연을
당신만이 내 마음을
알고 있어요

멋있습니다

햇살이 너무 좋아
옥상에 올라가니
당신은 나를
바라보고 있네요.
그윽한 눈으로
바라보고 있네요

당신은 나를 보고 있지만
나는 당신을 볼 수 없습니다
나도 당신을 볼 수
있게 해 주세요

멋있습니다
한마디 하고 싶어요.

당신의 말씀

당신의 말씀은
힘이 있습니다

당신의 말씀은
영혼과 골수를
분해시킵니다

내가 더듬이를 잃고
방황하고 있을 때
당신은 더듬이를
찾아 주셨습니다

정도로 걸어가라
가르치십니다

당신의 말씀은
진리입니다.

풍경

하늘은 손뼉치고
바다는 노래 부르고
산들은 춤을 추고
구름은 그림을 그리게 하여
답답한 나의 마음을
아시는 하느님
감사합니다.

봄 여름 가을 겨울

봄이 되면 희망을 가르쳐 주시고
여름에는 성공을 가르쳐 주시고
가을에는 낭만을 가르쳐 주시고
겨울에는 인내를 가르쳐 주시며

여호와 하느님은 우리의 앞날을
가르쳐 주신다.

하늘

하늘이 온종일
찌푸리고 있다
하느님 어디가
아프신지요

누가 하느님을
슬프게 했나요
하느님이 슬프시면
저도 슬프답니다

하느님 환하게
웃어 주세요

저에게

순결한 말을 하고
사랑스런 행동을 하고
덕이 되게 세워주고
넘어지면 일으켜주는
현명한 아내가 되라고
가르치십니다.

당신의 향기

멀리에서도 가까이에서도
보고 계시는 하느님

당신의 향기는 달콤합니다
당신의 향기는 맛있습니다
당신의 향기는 빛이 납니다
당신의 향기는 등불입니다
당신의 향기는 사랑입니다

개미

오늘 초상이 났다고
개미들이
슬픔에 잠겨 있다

술이 취한 아저씨가
우리 친구를
비참하게
밟아 버렸다고

개미들은
사람들을 원망하며
슬픔을 뒤로 한 체
오늘도 바쁘게
일터로 간다

비구름

구름아 구름아
왜 그래

엄마한테 혼났어
아빠한테 혼났어
구름은 바람의
위로의 말에
눈물을 펑펑 쏟는다

시끄럽게 울면
동네 개구쟁이들이
화를 낸다는
살랑살랑 부는
바람의 말에

눈물을 뚝 그치니
해님이 방긋 웃는다.

어머니 아버지

어머니는 나를 버리셨습니다
아버지도 나를 버리셨습니다

영원히 사랑한다
약속해 놓고
가슴 아픈 옛날만
내 가슴에 안겨주고

어머니는 나를 버리셨습니다
아버지도 나를 버리셨습니다

그러나 당신은
영원히 살자고
약속하셨습니다

나는 그 약속을 믿겠습니다.

당신 거라니

이 넓은
하늘이 당신 거라니
이 넓은
땅이 당신 거라니
온 세상 우주 만물이
당신 거라니

당신은
전능자 전능자 전능자
이십니다
전능자이신
당신 사랑합니다

세상에도 하늘에도

당신보다 소중한 이 없답니다
당신보다 진실한 이 없답니다
당신보다 멋있는 이 없답니다
당신보다 든든한 이 없답니다

세상에도 하늘에도
당신 사랑뿐이랍니다

강한 모성애

나의 괴로움이 덩어리져
얽히고설켜 있어도

실타래 풀리듯이

시원하게 풀어주는
여호와 하느님

배가 고파 칭얼대면
강한 모성애로 달려와
젖을 줍니다

제 무기는 기도입니다

나에게는
기도가 있습니다
문을 잠가도 들어오시는
당신의 품은 포근합니다

나에게
맑은 영 새로운 영
굳건한 영을 주십시오

수천만 명이
동시에 기도할 지라도
당신은 개개인의
기도를 들어 주시는
여호와 하느님

제 무기는 기도입니다

영원한 생명

내가 태어나기 전
태에서부터
당신은 나를
갈라 놓으셨습니다

당신은 나에 대하여
모래알처럼
많은 사연을 생명책에
기록해 주셨습니다

내가 바닷속에 숨어도
동굴 속에 숨어도
당신에게 나는
벌거벗은 몸입니다

당신은 나에게
영원한 생명을
주신다고 하셨습니다

약속

살아계신 여호와
하느님께서는
천사들에게 나를
지키게 하시고

땅의 온유한 자들과
의로운 자들은
한정 없는 때까지
땅을 차지할 것이라며

경건한 두려움을 갖는
충성스러운 자들은
축복을 받을 것이라고
약속하셨습니다.